Melly Englebert

# Jays großer Plan

Märchengeschichte

Impressum:

Selfpublisher-Autorin: Melly Englebert
Frankfurt am Main


Juni 2o19

Verlag & Druck
TREDITION GmbH
Halenreie 40-44
22359 Hamburg

ISBN: 978-3-7497-0102-5 Paperback
ISBN: 978-3-7497-1652-4 Hardcover

# Jays großer Plan

## Eine (wahre) Geschichte

„Mai-Lin, was schleppst du uns schon wieder an? Bald können wir einen kleinen Zoo eröffnen mit den ganzen Tieren, die du uns bringst."
„Aber Mama, die sind ja alle verletzt. Ich kümmere mich auch gut um sie. Außerdem haben wir genug Platz. Dass sie so verletzt sind, das ist auch unsere Schuld, ich meine, die der Menschen."
Mai-Lin zeigt ihrer Mutter die junge Möwe, deren Fuß sich in einem Stück weggeworfenem Fischernetz verfangen hat, einem sogenannten Geisternetz.
„Schau doch Mama, ihr Füßchen ist ganz schlimm geschwollen. Ich bin sicher, sie hat starke Schmerzen."
„Du hast ja Recht Kind, mit der Unvernunft und dem Egoismus der Menschen, wird die Natur bald nicht mehr fertig. Das ist sehr schlimm. Aber du, kleines Mädchen kannst doch diese Welt nicht retten. Du bist noch ein Kind."
„Aber wer soll es dann tun, wenn nicht wir Kinder? Es ist doch auch unsere Welt, unsere Zukunft.
Die Erwachsenen reden doch bloß viel, ohne wirklich etwas zu unternehmen. Deshalb müssen wir Kinder endlich eingreifen!"

Mai-Lin ist ganz aufgeregt, und ihre Wangen glühen.
„Komm kleine Tochter, wir lösen diese Fesseln vom Möwenfüßchen und schauen, wie verletzt es ist", sagt die Mutter.
Eigentlich ist sie sehr stolz auf ihre Tochter, die sich so sehr mit der verwundeten Natur beschäftigt.
Sie nimmt ein scharfes Messer und beginnt, ganz vorsichtig, das Netzstück abzuschneiden.
„Wir müssen ihren Fuß kühlen Mama, dann sanft massieren, damit er wieder richtig durchblutet wird."
Mai-Lin nickt dabei heftig mit dem Kopf.
Die Mutter hält den Vogel fest, während die Kleine ganz behutsam den Fuß massiert. Dabei summt sie leise ein Liedchen, um die verletzte Möwe zu beruhigen. Aber der Vogel hält ganz still, er fühlt genau, diese Menschen wollen ihm nur helfen.
Wir nennen ihn Snow, weil er so schneeweiß ist.
Ich bringe ihn gleich zu Federchen, unserem kleinen Seeadler.
Die Beiden werden bestimmt Freunde."
Den Seeadler hatte Mai-Lin vor einigen Tagen am Strand gefunden. Seine Flügel hingen schlaff herunter, weil sie mit Öl verklebt waren. Den Namen Federchen gab sie ihm, weil auf seinem Kopf eine Feder ganz steil nach oben steht und ganz lustig zittert, wenn der Wind sie streift.
Das Gefieder hatte das Kind mit viel Geduld gereinigt und die Mutter hatte ihr dabei geholfen.

„Mama, ich laufe nochmal zum Strand und hole Muscheln und Krabben für unsere gefiederten Patienten."
Mai-Lin hüpft flink über die hohe Düne, die sich hinter dem Haus der Familie aufgetürmt hat.
Am Strand angekommen beginnt sie, angeschwemmte Muscheln, Krebse und Sandwürmer zu sammeln.
Es ist sehr heiß. Die Sonne steht senkrecht am Himmel.
Mai-Lin setzt sich in den Sand und genießt, wie die anrollenden Wellen zärtlich ihre kleinen Füße umspülen. Sie liebt das Meer, diese frische und salzige Luft, das Rauschen der Wellen, dazwischen die Schreie der Möwen, die sie allerdings wie einen wunderschönen Gesang empfindet.
Einmal hatte sie einen fremden Mann beobachtet, der wohl Urlaub im Nachbarort gemacht hatte und seiner, für ihn sportlichen, Tätigkeit am Strand nachging. Sein komisches Hüpfen hatte Mai-Lin irgendwie sehr lächerlich gefunden.
„Dieses Möwengekreische ist ja furchtbar, außerdem kacken die alles voll!", hatte er geschimpft. Dann seine große leere Plastikflasche einfach in die Wellen geworfen.
„Nur die Menschen machen Krach und kacken alles voll!", hatte sie ihm hinterhergerufen. Aber ihre Worte wurden vom Wind aufgefangen. Es gelang ihr aber, die Plastikflasche aus dem Wasser zu fischen, um anschließend vor Wut mit ihren kleinen Füßen tiefe Furchen in den Sand zu stampfen.
„Blöder Kerl!", hatte sie nochmals geschimpft. Der Mann aber hatte sie einfach ignoriert.

Nun legt sie sich auf den Rücken. Sie beobachtet den tiefblauen Himmel mit den Schäfchenwolken, die wie hingemalt aussehen. Diese zeigen gutes Wetter an.
Vater hat ihr erklärt, wenn sie sich zusammentun, dann verdichten sie sich zu dicken Wolkenballen. Die können sich dann zu hohen Gewitterwolken auftürmen. Dann muss man schnell nach Hause flüchten.
Die heiße Luft vibriert. Auf einem hohen Wellenkamm thront ein seltsamer, weiß blitzender Haufen. Mai-Lin setzt sich auf. Was ist das? Die Antwort wird ihr direkt vor die Füße gespült.
Ein riesiger Haufen Müll. Flaschen, Blechdosen, Netzreste, Plastiktüten, Plastikbesteck und Zigarettenkippen. Mai-Lin weicht entsetzt zurück.
Mitten in dem Müllberg, fest eingeschnürt in einem Stück Fischernetz, versucht eine kleine Schildkröte verzweifelt, sich zu befreien. Sie liegt auf dem Rücken und rudert mit den Beinchen, wovon eins fehlt.
„Armes Ding", flüstert Mai-Lin sanft.
Sie hebt die Schildkröte auf. Aus ihrem Schnabel hängt der Fetzen einer Plastiktüte heraus.
„Du hast doch nicht etwa versucht, diesen Müll zu fressen? Ich weiß, ihr ernährt euch vorwiegend von Quallen.
Herumtreibende Plastiktüten sehen diesen sehr ähnlich.
Wenn ihr sie aber fresst, verstopfen sie euren Magen und euren Darm.
Ihr müsst dann qualvoll sterben."

Mai-Lin drückt das Meerestier fest an ihr kleines Herz. Tränen tropfen auf das Köpfchen. „Zeig' dein Bein, du hast Glück gehabt, dass sich die Wunde nicht entzündet hat. Salzwasser hat eine heilende Wirkung weißt du. Große Sorgen bereitet mir der Inhalt deines Magens. Ich bringe dich sofort zu Li, in die Schildkrötenaufzuchtstation. Sie wird dich genau untersuchen, dann hoffentlich wieder gesund pflegen."

Nachdem sie die kleine Schildkröte bei Li abgegeben hat, läuft sie traurig nachhause. Beim Abendessen ist sie ganz still.

„Du bist wieder so traurig mein Kind", meint der Vater.

„Wie soll ich glücklich sein Vater, und fröhlich lachen, wenn wir doch jeden Tag verletzte und kranke Tiere am Strand finden? Lustig macht es mich auch nicht, wenn wir immer mehr schrecklichen Plastikmüll, und sonstigen Dreck, vor die Füße gespült bekommen. Warum tun denn die Menschen das, warum? Und in den Nachrichten sagen sie, dass das ja überall auf der ganzen Welt so ist. Die Bilder mag ich mir gar nicht mehr anschauen. Aber wegschauen ist doch auch nicht richtig? Ach Vati, das ist doch alles unsere Welt, unsere Natur. Wir Menschen sind doch ein Teil davon. Aber warum zerstören wir Menschen dieses Schöne? Die Tiere tun das doch auch nicht."

Mai-Lin hat wieder ganz rote Wangen vor Aufregung.

„Du bist ein tolles kleines Mädchen Mai-Lin. Aber du bist erst neun Jahre alt. Trotzdem denkst du schon weiter und

tiefer, als so mancher Erwachsene. Weißt du, dass ich sehr stolz auf dich bin? Ja, du hast einfach Recht. Die Menschen, obwohl sie ein Teil dieser schönen Natur sind, gehen ziemlich rücksichtslos durchs Leben. Die meisten sind leider sehr egoistisch, denken nur an sich. Viele schauen nur so weit, wie ihre Nase reicht.
Aber du solltest dir nicht immer so schwere Gedanken machen. Ich möchte dich glücklich sehen und lachend ", antwortet der Vater.
Er nimmt seine Tochter in die Arme. In seinen Augen schimmern Tränen. Tränen des Stolzes, aber auch der Nachdenklichkeit.
„Auch in den Wäldern, den Flüssen und Bächen, überall laden die Menschen doch ihren Müll einfach ab. Bald gibt es in den Meeren mehr Plastik als Fische. Wir müssen doch etwas unternehmen, Mama, Papa, sonst wird unser kleiner Zoo wirklich immer größer", spricht Mai-Lin weiter und fängt bitterlich an zu weinen.
„Morgen gehe ich schon ganz früh an den Strand und schaue was die Wellen über Nacht wieder angeschwemmt haben", fügt sie noch hinzu.
In dieser Nacht aber kann sie nicht schlafen. Sie wirft sich in ihrem Bett hin und her. Schließlich steht sie auf, geht langsam ans Fenster ihres Kämmerchens und betrachtet den sternenklaren Himmel.
„Bitte, lieber Himmel, lass' eine Sternschnuppe fallen, damit ich mir etwas wünschen kann."

Leise spricht sie diese Worte vor sich hin. Im selben Augenblick blitzt tatsächlich eine besonders helle Schnuppe am Himmel. Für einen Moment scheint sie sogar über Mai-Lins Haus stehen zu bleiben. Aber das ist doch ganz unmöglich.
Die Kleine kneift ganz fest ihre Augen zu und hält für einen Augenblick den Atem an. Dann schaut sie wieder vorsichtig zum Himmel und ist völlig erstaunt.
Die Sternschnuppe steht ja immer noch da, ganz still, und wirft jetzt einen langen, weißen Strahl in Richtung Strand.
„Mai-Lin, Mai-Lin..."
Da ruft doch jemand ihren Namen? Die Stimme scheint aus einer anderen Welt zu kommen. Das Mädchen ist ganz aufgeregt. Gänsehaut kriecht über ihren kleinen Körper.
Träumt sie, oder ruft da draußen wirklich jemand nach ihr? Vielleicht braucht ja jemand Hilfe?
Sie schlüpft in ihre Pantöffelchen, die sie immer ordentlich vor ihr Bett stellt, wenn sie schlafen geht.
Auf Zehenspitzen geht sie langsam zur Tür, um die Eltern nicht zu wecken. Dann läuft sie schnell zum Strand, in Richtung des hellen Strahls, den die Sternschnuppe immer noch vom Himmel sendet.
Ihr kleines Herz schlägt schnell, sie kann es bis in ihren Hals spüren. Was passiert hier? Warum steht diese Sternschnuppe ganz still, und beleuchtet eine Stelle am Strand?
Sie nähert sich dem Strahl, kann aber nichts wahrnehmen.
„Schön, dass du gekommen bist, Mai-Lin", spricht plötzlich

eine sanfte Stimme. Im selben Augenblick wird sie von einem riesigen Arm gepackt und leicht angehoben.
Wow! Das ist ja wie auf einer Achterbahn! Die Kleine erstarrt. Sie schaut direkt in das riesige Auge eines Kraken, der gleich mehrmals seine Farbe wechselt.
„Hi, kleine Mai-Lin, ich heiße Jay",stellt sich das Meeresgeschöpf freundlich vor und legt einen weiteren seiner acht langen Arme um Mai-Lins Schultern. Er überragt sie um gut einen Meter.
„Was machst du hier, warum hast du mich gerufen?", fragt die Kleine vorsichtig.
„Nun, wir rufen und holen Kinder, die mit offenen Augen und Ohren die Wunden dieses Planeten noch wahrnehmen. Du gehörst zu uns, in unser Team. Weil dir unser Schicksal nicht gleichgültig ist. Außerdem brauchen wir wirklich ganz dringend eure Hilfe."

Der Krake schwingt sich geschmeidig durch den Sand. Dann hebt er mit einem weiteren seiner acht Arme einen dunkelhäutigen Jungen hoch.
„Darf ich dir Morgan vorstellen? Sein Name bedeutet Koralle."
Vorsichtig setzt der Krake beide Kinder in den Sand.
Morgan streckt Mai-Lin freundlich seine Hand entgegen. Als sie diese ergreift, bemerkt sie, dass der Junge zwischen den Fingern Schwimmhäute hat. Auch an den Füßen hat er solche. Außerdem schimmert seine Haut, als wäre sie mit Schuppen bedeckt. Vorsichtig berührt sie seinen Arm.

Es sind tatsächlich Schuppen. An seinen Schläfen entdeckt sie Kiemen, die hellrosa leuchten und leicht zittern.
„Warum heißt du denn Koralle und warum hast du Kiemen, und Schwimmhäute zwischen Fingern und Zehen?",
fragt sie sehr erstaunt.
„Jay hat mich an dem großen Korallenriff da draußen entdeckt, als ich eine Meeresschildkröte aus einem herumtreibenden Netz befreit habe", antwortet Morgan und lächelt.
„Ich habe leider schon viel zu viele verletzte Meerestiere gefunden. Allen konnte ich aber nicht helfen. Wir versuchen es, so gut es eben geht, meine Oma und ich."
„An welchem Riff, und...aber die Kiemen, und deine Haut?",
fragt Mai-Lin zögernd.
In diesem Moment schlingt Jay wieder einen seiner langen Arme um die beiden Kinder.
„Habt keine Angst. Wir brauchen euch Kinder. Ihr seid unsere Freunde und die Einzigen, die wirklich ehrlich unsere Probleme sehen. Ihr könnt uns helfen, besonders den Verletzten unter uns. Kinder gehen mit offenen Augen durch die Welt. Nicht alle, aber immer noch genug. Du und Morgan, ihr nehmt sogar verletzte Tiere auf, pflegt sie gesund und ihr macht euch Gedanken, warum alles immer schlimmer wird. Ihr nehmt jedes noch so kleine Detail wahr und versucht immer wieder, auch die Erwachsenen aufmerksam zu machen. Ihr Kinder habt oft ganz tolle Ideen. Wir sind auch sicher, dass ihr uns helfen und unterstützen könnt. Aber ich muss euch mitnehmen, hinaus aufs offene Meer.

Damit du sicher schwimmen kannst Mai Lin, brauchst du auch Schwimmhäute und Kiemen. Deshalb, trinke das hier bitte."
Jay reicht Mai-Lin eine große Muschel mit einer seltsam riechenden, grünen Flüssigkeit.
Mai-Lin vertraut dem Kraken, führt vorsichtig die Muschel an ihre Lippen und trinkt.
„Bah, das schmeckt ja scheußlich!"
Die Kleine schüttelt sich, kann aber gleichzeitig beobachten, wie sich ihre Arme und Beine mit zarten, silbern schimmernden Schuppen überziehen. Sie tastet vorsichtig an ihre Schläfen und staunt. Sie hat tatsächlich auch Kiemen. An Händen und Füßen leuchten zarte Schwimmhäute.
„Wow, das ist ja super!", ruft sie entzückt und hüpft um Morgan herum.
„Sind wir nun ein Team? Ja, wir sind ein Team!", singt sie und klatscht in ihre kleinen Hände.
„Nur im Team ist man stark, sagt Vati immer. Alleine kann man nicht wirklich weit gehen, auch nicht viel erreichen. Man muss sich zusammentun", fügt sie stolz hinzu.
„Und wohin gehen, äh, schwimmen wir jetzt? Was willst du uns denn zeigen Jay?", fragt sie ganz aufgeregt.
Der Krake lächelt verschmitzt und meint: „Ich werde uns erst einmal ein Meerestaxi rufen."
„Ein Taxi? Gibt es denn im Meer Taxis?" Mai-Lin schaut den Kraken ungläubig an.
Im selben Augenblick verdunkelt sich das Wasser. Eine

große Welle rollt schäumend heran. Dann entdeckt Mai-Lin den riesigen Manta.
„Moin, Moin, ihr habt ein Taxi gerufen?", lacht der Riese und stellt sich den Kindern vor.
„Gestatten, Blue."
Mai-Lin ist sprachlos und als Blue freundlich bittet: „Bitte aufsteigen ihr Lieben", klettert sie aber ohne zu zögern auf den riesigen Rochen. Morgan setzt sich neben sie. Auch für Jay ist noch genug Platz. Er schwingt sich elegant mit seinen langen Armen auf den Rücken seines Freundes. Warum selbst schwimmen, wenn man auch gemütlich getragen werden kann?
Mai-Lin bemerkt sofort die zwei großen Wunden auf Blues Rücken. Sie sehen schlimm aus.
„Woher hast du diese Wunden lieber Blue? Sie sehen sehr schlimm aus."
„Ach die, die sind ja schon fast abgeheilt. Taucher haben mich gejagt und mit kleinen Harpunen beschossen. Aber ich konnte die schrecklichen Dinger abschütteln und entkommen. Die Menschen nennen das Sport, uns so zu jagen. Doch jetzt erst einmal, bitte schön festhalten!"
Blue taucht mit seinen Passagieren elegant unter.
„Oh Mann, das ist ja wie auf einem fliegenden Teppich! Wie groß bist du eigentlich Blue?" Mai-Lin ist ganz entzückt. Sie muss dabei lachen, weil ihre Worte, so ins Wasser hineingesprochen, lustige Bläschen bilden, auch schön blubbern.
„Ungefähr sechs Meter von Flügel zu Flügel. Das ist gar

nicht groß. Da musst du erst einmal unsere Aponi kennenlernen, die ist mindestens 2o Meter lang", antwortet Blue, und schwimmt eine elegante Kurve mitten in einen Wald von Riesenseetang hinein.
„Aponi?", fragt Mai-Lin.
„Ja, unsere einsame Buckelwalkuh.
Du wirst sie, auch alle unsere Freunde, schon sehr bald kennenlernen Mai-Lin", antwortet Blue.
„Bah! Schon wieder Plastik. Und diese ganzen kaputten Netze. Das ist ja wirklich ekelig! Wie viel Dreck schwimmt eigentlich in unseren Meeren?", fragt Morgan sichtlich angewidert.
„Zu viel", antwortet Jay.
„Besonders vor den Geisternetzen muss man sich in acht nehmen. Wenn man da hinein gerät, ist man so gut wie dem Tode geweiht."
Blue schwebt leicht zwischen den dichten Riesenseetang-Pflanzen hindurch. Mai-Lin kann ganz genau die großen Schwimmblasen an ihren Stängeln sehen, die ihnen Auftrieb geben.
„Diese Riesen werden bis zu 5om lang. Die Menschen holen sich die auch inzwischen. Sie können wirklich alles gebrauchen. Aber hier ist der Wald so groß und dicht, dass sie sich noch nicht hineingewagt haben. Das ist unser Glück. Hinter diesen schützenden Riesen liegt nämlich unsere kleine, geheime Welt, in der wir uns noch erholen können", meint Jay und legt liebevoll einen Arm um die beiden Kin-

der. Er ist sehr stolz, sie gefunden und ausgesucht zu haben, für den großen Plan.
„Geheime Welt?", fragt Morgan völlig sprachlos,
als sich vor ihnen eine wunderschöne Lagunenlandschaft ausbreitet. Der Sand ist fast weiß, bunte Korallen und unzählige Arten von bunten Fischen, leuchten unter den Farben eines gigantischen Regenbogens, der das nicht besonders tiefe Wasser wie ein Dach überspannt. Die ganze Lagune ist mit einem seltsamen, silbern schimmernden Schleier umgeben, der aussieht wie eine Mauer aus Seide.
Ganz erstaunt schwimmt Mai-Lin darauf zu und berührt ihn. Er fühlt sich etwas kleberig an und fängt durch ihre Berührung leicht an zu schwingen.
„Das sieht ja aus wie ein riesiges Spinnennetz!", ruft sie und weicht dabei zurück.
„Das ist ein Spinnennetz", antwortet Blue stolz.
„Unser kleiner Freund Marwin aus Madagaskar hat es für uns gesponnen. Er und seine Familie machen die größten Radnetze der Welt. Sie sind bis zu 25m breit. Es ist die stärkste Spinnenseide die es gibt. Dabei sind sie selbst gerade mal 4mm winzig.
Im selben Augenblick krabbelt ein kleines, schwarzes Etwas auf Mai-Lin zu. Es ist Marwin.
„Bitte nicht erschrecken kleines Mädchen", spricht er freundlich. Du ekelst dich doch nicht vor mir, oder? Ich weiß, die meisten Menschen mögen uns nicht, weil wir nicht ihrem Schönheitsideal entsprechen. Sie sollten aber wis-

sen, dass das auf Gegenseitigkeit beruht. Meistens töten sie uns einfach so, völlig grundlos."
Mai-Lin streckt ihm ihre kleine Hand entgegen, und lässt ihn aufsitzen.
„Ich ekele mich nicht vor dir kleiner Marwin. Ich bewundere euch Spinnen, wie ihr in kurzer Zeit so wunderschöne Netze spinnen könnt. Papa hat mir erklärt, dass die wesentlich stärker sind als Stahl. Das stärkste und zäheste Baumaterial der Welt.
Warum bist du denn hier und warum hast du die Lagune mit deinen Netzen umwickelt? Und...hast du etwa auch Kiemen bekommen?"
„Ich gehöre zu Jays Team. Damit uns die Menschen nicht so leicht finden, haben wir diesen Ort gewählt, weil er geschützt hinter dem dichten Wald aus Riesenseetang liegt. Außerdem bleibt auch der ganze Plastikmüll erst im Seetang, schlussendlich in meinen Netzen hängen. Ich habe noch weitere Radnetze zwischen die einzelnen Stängel gespannt. Sie halten die Pflanzen so fest zusammen, dass sie wie eine Festungsmauer wirken. Ja, auch ich habe Kiemen bekommen, damit ich gut unter Wasser arbeiten kann. Es geht ja um den großen Plan. Drei meiner Brüder machen hier im Team mit. Andere Familienmitglieder sind fleißig in anderen Gruppen weltweit dabei. Ist doch toll oder?"
„Großer Plan?", fragt Morgan interessiert.
„Sind wir deshalb hierhergeschwommen Jay, Blue?
Langsam solltet ihr uns doch aber informieren, worum es

hier eigentlich geht. Und warum ihr uns Kinder hierher bringt. Ist das eine Entführung?"
„Sicherlich nicht, was denkst du denn von uns?", meint Jay. Er hebt Morgan leicht zu sich hoch.
„Ihr Kinder seid hier, weil wir euch so sehr brauchen. Wir haben beobachtet, dass Kinder tolle Ideen haben. Eure Ideen werden von den Erwachsenen zwar meistens als Kinderkram bezeichnet. Naja, alles ist vielleicht auch nicht brauchbar. Aber die meisten Ideen sind schon toll, teilweise auch noch lustig und nur selten egoistisch. Das imponiert uns. Wir brauchen gute Ideen, einen Plan. Wir glauben einfach, dass wir das mit euch Kindern hinbekommen."
Jay berührt mit einem seiner Arme den Spinnennetzvorhang, der sofort eine Öffnung freigibt.
„Lasst uns hineinschwimmen", ruft er und verschwindet im sanften Licht des riesigen Regenbogens.
Morgan und Mai-Lin schwingen sich wieder auf den Rücken von Blue. Dann geht's hinein in die unbekannte Welt hinter einer Spinnwebe.
Sie befinden sich nun direkt unter dem Regenbogen, der wie ein Lichtdach die ganze Lagune überspannt, aber sich nach oben leicht öffnet. Es sieht aus wie eine Riesenhalle aus Licht.
Aus dem Regenbogen fällt ein feiner Schleier aus Wasser. Er leuchtet, wie mit Perlen bestickt.
Im Wassernebel kann man eine Riesenmuschel erkennen, die aussieht wie der Eingang zu einer Grotte.

Auch hier hat das Wasser noch eine ausreichende Tiefe, so dass sich auch größere Meerestiere darin bequem aufhalten können.
Mai-Lin versucht, das Riesenmaß der Halle abzuschätzen, aber sie kann kein Ende sehen. Dieser verborgene Ort scheint unendlich zu sein.
„Wow!", ruft Morgan, streckt beide Arme aus, und dreht sich ein paarmal im Kreis. „Das ist ja riesig! Wo sind wir hier Jay?"
„Diesen Ort nennen wir, unter dem Regenbogen. Niemand da draußen darf davon erfahren. Nur den Meeresbewohnern ist der Zugang und Aufenthalt gestattet. Als Zufluchtsort, als Rettungsinsel vor dem ganzen Dreck da draußen auf offener See. Hierher kommen sehr viele kranke, verletzte Tiere, aber auch solche, die mit uns endlich eine Idee ausarbeiten wollen. Eine Idee, wie wir uns endlich gegen die Verschmutzung unseres Lebensraumes wehren können. Uns wehren gegen die Menschen, die uns nicht respektieren. Wir müssen endlich den „großen Plan" ausarbeiten, wie wir den ekeligen Müll, ganz besonders den Plastikdreck, loswerden können."
Jay ändert vor Aufregung mehrmals seine Farbe.
„Aber die Meere sind so riesig. Und der Dreck ist über die ganze Welt verteilt. Gibt es denn auch noch andere Teams, die mitmachen, haben die auch solche Rückzugsgebiete? Ich kann mir das alles nur sehr schwierig vorstellen Jay."
Morgan macht ein sehr nachdenkliches Gesicht.

„Sehr gut überlegt mein Junge. Wir wissen schon ganz genau, warum wir bestimmte Kinder aussuchen. Wir haben auch dich lange beobachtet und uns wirklich richtig entschieden. Du denkst mit, das ist gut. Sogar sehr gut. Natürlich gibt es weltweit, auf allen Kontinenten und in allen Meeren und Ländern, solche Gebiete, in denen sich die Meeres und -Landtiere still und heimlich zusammengetan haben, um über den Plan zu beraten. Sie haben ähnliche Rückzugsgebiete wie wir, auch die sind genauso geheim. Wir stehen mit allen dauernd in Kontakt.
Das musst du dir vorstellen wie eure Telefone und das Internet. Mit dem großen Unterschied, dass wir Tiere diesen ganzen elektronischen Schnickschnack nicht benötigen. Wir arbeiten z.B. mit Echoortung. Mit Hilfe der Wale und Delphine hauptsächlich. Ihre Nachrichten haben eine Reichweite von mehreren tausend Kilometern. Aber kommt erst einmal hier rüber in den Kreis unserer Freunde. Hört euch an, was sie zu erzählen haben", fügt er noch hinzu.
Mai-Lin und Morgan kommen aus dem Staunen nicht mehr heraus, als sie die Freunde sehen. Ganze Gruppen von Krebsen, Haie, Seehunde, Seeigel und Seesterne. Ganz im Hintergrund ist der riesige Schatten eines Buckelwals zu erkennen. Auch zwei Orkas schaukeln ruhig hin und her. Wunderschöne Quallen in allen Farben, Seeschnecken, Seepferdchen, ja sogar ein Walhai, der größte Fisch der Welt. Dabei entgeht den Kindern nicht, dass die meisten Tiere verletzt sind, oder ziemlich krank und traurig aussehen.

Ein riesiger Hai schwimmt heran und schaut Mai-Lin sehr lange an. Seine Haut hat viele Schrammen. Ihr Herz bleibt beinahe stehen, beim Anblick der eindrucksvollen Zähne, die aufblitzen, als er das Wort ergreift.
„Schön, dass ihr gekommen seid, Mai-Lin und Morgan. Willkommen im Team. Wir alle hier sind für die Meere zuständig. Später dürft ihr mal kurz an Land gehen, dort werdet ihr dann eines der Landteams treffen. Die kümmern sich um den ganzen Müll, der in den Wäldern, Wiesen, Feldern, Bächen, Seen und Flüssen herumliegt. Auch diese Teams arbeiten mit Kindern, denen der Dreck nicht gleichgültig ist. Sie werden mit uns gemeinsam am großen Plan arbeiten, uns ihre Ideen mitteilen.
Ich bin übrigens Big. Wie du sicher gemerkt hast, gehöre ich zur Gattung weißer Hai. Die Menschen haben großen Respekt vor uns. Sie nennen uns gerne Bestien. Wir aber dringen nicht dauernd in ihre Welt ein, machen uns dort breit und beschmutzen alles. Die Menschen aber dringen zu oft in unseren Lebensraum ein. Wehren wir uns, werden wir ganz einfach als Ungeheuer bezeichnet, sogar getötet. Um uns in Ruhe beobachten zu können, bauen sie spezielle Stahlkäfige. In diese steigen sie dann hinein und lassen sie zu uns ins Wasser. Mit speziellen Kameras bewaffnet warten sie dann, bis wir uns nähern. Das tun wir natürlich, weil wir ja schließlich wissen wollen, was in unserem Lebensraum passiert. Mich ganz persönlich nervt diese Show, die die Menschen als Kick bezeichnen. Ich finde es einfach unan-

gebracht und empörend, andere Lebewesen dermaßen zu belästigen. Sie aber machen Fotos von unseren Mäulern und Zähnen, prahlen dann vor ihren Freunden, wie mutig sie sind.
Ich weiß, wir sehen nicht gerade nett und freundlich aus. Viel lieber hätte ich auch ein so süßes Gesichtchen wie du, Mai-Lin. Leider kann man sich das ja aber nicht selbst aussuchen.
Liebe Mai-Lin, lieber Morgan, zu viele meiner großen Familie wurden gefangen. Man hat ihnen bei lebendigem Leibe die Flossen abgeschnitten, sie dann einfach zurück ins Meer geworfen. Ohne Flossen können wir nicht überleben, weil wir ununterbrochen schwimmen müssen. Wir besitzen nämlich keine Schwimmblase, die uns Auftrieb gibt. Wir schlafen sogar schwimmend. Hunderttausende meiner Brüder und Schwestern sind alle unter wahnsinnigen Schmerzen so gestorben. Überall draußen auf dem Meeresboden kannst du ihre Gräber sehen. Und warum? Weil eines Tages irgendein wahnsinniger Mensch beschlossen hat, dass Haifischflossensuppe eine Delikatesse ist!
Wenn sich dann mal einer von uns irrt und einen Menschen mit einem Seehund, oder einer Schildkröte verwechselt (aus unserer Perspektive von unten gesehen, sehen die nämlich fast genauso aus), dann wird das in allen Medien der Menschen berichtet.
Die Bestie hat mal wieder zugeschlagen. Wie viele von uns Haien sie aber jährlich in ihren schrecklichen Schlepp-

netzen fangen, verstümmeln und töten, darüber wird nur selten berichtet.
Aber es sind jährlich Millionen!"
Big ist ganz aufgewühlt. Er wirkt plötzlich sehr müde und traurig.
„Uns gibt es bereits seit 4oo Millionen Jahren. Wir sind keine Bestien, sondern wir sorgen für das gesunde Gleichgewicht in den Meeren. Wir müssen ja schließlich auch von etwas leben, also essen. Aber wir töten niemals aus Lust, sondern wir fangen vorwiegend schwache und kranke Tiere. Auch entsorgen wir tote Tiere, die am Meeresboden verrotten würden. Ihre toten Körper geben Giftstoffe ab. Das verhindern wir, indem wir sie essen, und so entfernen.
Ich gebe nun das Wort weiter an meinen besten Freund Makani, den Delphin."
Entsetzt stellt Mai-Lin fest, dass bei diesem ein Flipper etwas zerfetzt runterhängt.
„Was ist denn mit deinem Flipper passiert?", fragt sie, und streichelt sanft die Wunde.
„Mich hat mit meiner ganzen Familie ein Schleppnetz erwischt. Die Fischer haben uns in eine Bucht gezogen, dann mit Haken und Knüppeln auf uns eingeschlagen. Das Wasser war dunkelrot gefärbt von unserem Blut. Mich hat ein spitzer Eisenhaken am linken Flipper erwischt, aber ich konnte mich befreien. Mit meinen starken Zähnen gelang es mir, das schreckliche Todesnetz durchzubeißen. Zuerst bin ich ganz desorientiert und verzweifelt umhergeschwommen.

Dann hat mich Jay gefunden, und hierher gebracht." Makani senkt traurig den Kopf.
„Aber warum töten euch denn die Menschen, ihr seid doch immer freundlich zu ihnen? Manche unternehmen sogar weite Reisen, um in Buchten mit euch Kontakt aufzunehmen. Sogar Kranke kommen um mit euch zu schwimmen, weil es sie ja scheinbar gesund macht. Warum? Das verstehe ich einfach nicht", regt sich Morgan auf.
„Die Fischer behaupten ganz einfach, dass wir ihnen die Fische alle wegfangen. Das stimmt aber gar nicht.
Wir jagen nur so viel, wie wir für unsere Ernährung brauchen, nicht mehr. Die Fischer aber fangen mit diesen riesigen Netzen alles, was nicht schnell genug flüchten kann. Und mit den schweren Schleppnetzen zerstören sie den ganzen Meeresboden, mit allen Tieren die dort leben. Schnecken, Seesterne, Muscheln, Krabben und die Korallen. Es ist einfach nur schrecklich.
So viele sterben sinnlos in den Netzen, weil sie sich darin verheddern.
Säugetiere ertrinken, weil sie nicht mehr an die Oberfläche gelangen, um Sauerstoff zu atmen." Makani sieht sehr traurig aus und senkt seinen Kopf.
„Ich habe meine ganze Familie verloren. Einige von uns haben die Menschen in Delphinarien entführt.
Dort müssen sie ihnen dann Kunststücke vorführen, wie ein Clown im Zirkus. Das ist demütigend und schrecklich für sie. Sie können dort nur im Kreis schwimmen.

Aber den kleinen Mi haben wir vor einigen Tagen gefunden. Wie ein Wunder hat er sich bis hierher durchgeschlagen, und im Riesenseetang versteckt. Der Kleine ist so abgemagert, weil er keine Milch mehr bekam, und richtig jagen muss er ja erst lernen.
Aber unsere liebe Aponi, die Buckelwalkuh, hat sich seiner angenommen. Ihr Kalb ist auch in einem solchen Netz ertrunken. Jetzt hat sie den kleinen Mi adoptiert und säugt ihn liebevoll."
Mai-Lin schwimmt zum Buckelwal, der sich in einer Ecke der Grotte zurückgezogen hat, um sich ungestört um Mi kümmern zu können.
„Hi Aponi, ich finde es ganz toll von dir, dass du den kleinen Delphin adoptiert hast."
„Ja, es tut mir gut, mich um ihn zu kümmern. Dann muss ich nicht so viel an mein Kalb denken, das leider in diesem schrecklichen Netz ertrunken ist. Oft höre ich ihn noch im Traum weinen. Es war so schrecklich, weil ich ihm nicht helfen konnte. Mi ist für mich jetzt wie mein eigener Sohn. Meine kräftige Milch scheint ihm sehr zu bekommen", antwortet der Wal.
„Aber du bist riesig, und Mi ist so winzig. Wie kann er denn an deiner Zitze saugen? Sein Mäulchen ist so klein", fragt Mai-Lin.
„Unsere Zitzen sitzen in einer Bauchfalte Mai-Lin. Sie sind also versteckt, genau wie bei den Delphinen auch. Das Kalb, in diesem Falle also Mi, muss nur mit seiner Nase an diese

Stelle stoßen. Kleine Delphine und Walkälber haben keine Lippen. Sie können deshalb auch gar nicht saugen. Mi bekommt, genau wie bei seiner Mutter, meine gute Milch direkt in sein Mäulchen gespritzt. Es ist also überhaupt kein Problem", antwortet Aponi sichtlich stolz.
„Das ist ja toll! Die ganze Natur ist so wundervoll eingerichtet. Wenn man sie in Ruhe lässt, funktioniert alles wie ein gut durchdachtes Ganzes. Alles läuft rund. Nur wenn der Mensch sich einbildet, eingreifen zu müssen, gerät alles in Schieflage." An Mai-Lins Stirn bildet sich die kleine Falte, die dort immer erscheint, wenn sie sich besonders aufregt und ärgert.
Dann paddelt der kleine Mi noch etwas ungeschickt auf sie zu und stupst sie sanft mit seinem Schnabel. Er sieht so süß aus. Nur seine Augen scheinen etwas traurig zu sein. Mai-Lin nimmt ihn in ihre Arme und küsst ihn auf die Stirn.
„Mit deiner Ersatzmutti wirst du das schon schaffen kleiner Delphin. Und hier bei uns bist du erst einmal in Sicherheit", flüstert sie ihm zärtlich zu.
Mi gibt helle Klickgeräusche von sich, nickt ganz heftig mit seinem Köpfchen, um zuzustimmen.
„Hast du dein Messer dabei Morgan?" Jay schwimmt heran und legt einen seiner Arme um den Jungen.
„Klar, habe ich doch immer Jay. Brauchst du es?"
„Kannst du Mimiteh von ihrem schrecklichen Gürtel befreien? Wenn sie das fiese Ding nicht bald loswird, muss sie sterben. Sie trägt es schon ihr halbes Leben."

Jay führt Morgan zu einer Riesenmuschel, hinter der die Schildkröte Mimiteh Schutz gesucht hat.
Als Morgan sich dem Tier nähert, füllen sich seine Augen mit Tränen.
Um Mimitehs Panzer hat sich ein Plastikring festgeklemmt. Es sieht wirklich aus, als trüge sie einen Gürtel, der sie über viele Jahre dermaßen eingeschnürt hat, dass sie fast aussieht, wie eine Wespe mit einer viel zu schmalen Taille. Das arme Ding ist regelrecht in diesen Plastikring hineingewachsen.
„Hast du Schmerzen Mimiteh?", fragt Morgan sanft, während er das Schild abtastet.
„Nicht direkt", antwortet die Schildkröte. „Aber das elende Ding fängt an, mich bei der Nahrungsaufnahme zu stören. Sicher ist mein Darm an dieser Stelle sehr verengt. Ich bin  noch jung, werde noch weiter wachsen, aber das wird für mich ganz schlimm werden. Kannst du mich davon befreien?" Sie schaut Morgan dabei hilfesuchend an.
„Klar doch, das mache ich sehr gerne. Ich habe doch immer mein scharfes Messer dabei. Damit konnte ich schon vielen, eingeschnürten Tieren helfen, die ich in der Nähe unseres Strandes leider immer öfters finde."
„Ich weiß", spricht Mimiteh sanft.
Morgan beginnt ganz vorsichtig, das festgeschnürte Plastikteil von Mimitehs Panzer abzuschneiden.
Jay schaut gespannt zu. Vor lauter Rührung wechselt er wieder gleich mehrmals seine Farbe.

„Tut das gut!“, seufzt die Schildkröte. „Ich habe das Gefühl, schon viel besser atmen zu können. Vielen Dank lieber Morgan, du bist ein guter Junge. Danke.
Jetzt werde ich wieder beweglicher sein. Ich kann endlich versuchen, einige Verwandte zu finden. Wir sind zwar Einzelgänger, kontaktieren uns aber doch schon ab und zu.
Viele von uns wurden in Riesennetzen gefangen und sind darin ertrunken. Die Menschen kochen aus uns nämlich sehr gerne Schildkrötensuppe. Genau wie aus den Flossen unserer lieben Haie, machen sie aus uns Suppe, die sie dann Delikatesse nennen. In schicken Restaurants bezahlen sie dafür sogar sehr hohe Summen.“
„Wie schrecklich!“, meint Morgan und schüttelt sich.
„Ich stelle mir vor, dass ihr Tiere uns Menschen kocht, und als Suppe verspeist.“
„Wo kann ich noch helfen?“, fragt er dann in die Runde.
Ein junger Orka schwimmt langsam heran. Seine Fluke ist zusammengeschnürt in einem Geisternetz. Daran hängt auch noch eine kaputte Boje.
„Dieses schreckliche Ding habe ich mir schon vor Wochen eingefangen, und werde es nicht mehr los. Leider kann ich es mit meinen Zähnen nicht erreichen. Durch meine zusammengeschnürte Fluke kann ich nicht mehr richtig manövrieren. Deshalb bin ich auch schon länger hier in der Lagune. Zum Glück hat mich unser guter Jay gefunden. Er ist ein lieber Kerl, er kümmert sich um die verlorenen, verletzten und eingeschnürten Meereswesen.“

Das große Tier dreht sich so, dass Morgan die Fluke ganz genau sehen und begutachten kann. „Hilfst du mir bitte Mai-Lin? Halte du das Ende des blöden Netzes straff. Wenn es ordentlich Spannung bekommt, lässt es sich leichter durchtrennen."
„Aber klar doch. Es tut vielleicht ein wenig weh, lieber Orka, und schneidet kurz in deine Haut. Aber danach bist du das Teil los, deine Wunden können heilen und du kannst wieder richtig schwimmen." Mai-Lin schwimmt ganz schnell heran.
Sehr lange und geduldig, arbeiten die beiden Kinder am Netz, das sich mehrmals tief in Orkas Haut eingeschnürt hat.
„Warte Morgan, hier liegen ganz viele, leere Muscheln herum. Die sind schön scharf an den Rändern. Ich versuche, dir damit zu helfen.
„Sehr gute Idee", meint Morgan.
Das Entfernen des Netzes hat viel Zeit in Anspruch genommen. Die Kinder mussten auch viel Kraft aufwenden, um es abzutrennen und Orka nicht noch weiter zu verletzen.
Endlich befreit, stupst der Riese die Beiden sanft, um sich zu bedanken.
Er nimmt Mai-Lin sogar kurz auf seine Nase und dreht sich mehrmals mit ihr im Kreis.
„Es wird etwas dauern, bis ich sie wieder normal einsetzen kann. Durch die lange Einschnürung fühlt sie sich etwas taub an. Aber ich werde fleißig Übungen machen."

Dann schmunzelt er und meint: „Jay kann mich ja täglich massieren. Er hat schließlich acht Arme. Der ist schon ein ganz besonderer Kerl. Er hat nicht bloß acht Arme, sondern auch noch drei Herzen."
Alle lachen. Wie schön, wenn man, trotz großer Probleme, seinen Humor nicht verliert.
„Vati sagt auch immer, mit Humor geht alles besser.
Man darf niemals aufgeben, sonst ist man verloren."
Mai-Lin streichelt einmal sanft über die taube Fluke und fügt dann noch hinzu:
„Ich kann dich auch massieren Orka, das kann ich nämlich sehr gut. Vati meint, ich bin ein Naturtalent. Wenn ich deine Fluke schön durchknete, wird sie wieder gut durchblutet. Das doofe Taubheitsgefühl geht ganz schnell weg. OK?"
Der Orka genießt die sanfte Massage der kleinen Kinderhände. Dabei dreht er sich genüsslich auf den Rücken.
„Jetzt fehlt nur noch, dass der Kerl schnurrt", lacht Jay.
Alle lachen bei dieser Vorstellung. Aber allen ist auch völlig klar, dass diese ganzen Verletzungen, besonders durch den vielen Plastikmüll, gar keine lustige Sache ist.
Nach und nach haben sich noch weitere, verletzte Tiere bei den Kindern gemeldet.
Ein Seestern mit einem abgetrennten Beinchen. Ein dicker Einsiedlerkrebs, der seit Wochen mit seinem Hinterteil in einer Cola-Dose ganz schlimm eingeklemmt ist, und sehr deprimiert wirkt.

Ein Seepferdchen mit einer gebrochenen Flosse. Viele verschiedene Fische in allen Farben, mit mehr oder weniger schlimmen Wunden. Der Seehund Ben, der seit Monaten eine große Plastiktüte um den Hals trägt. Sie schnürt ihn so Sehr ein, dass er kaum noch fressen kann.
Mit viel Geduld versuchen die Kinder, zu helfen und zu erleichtern.
„Das ist ja die reinste Unterwasserklinik", seufzt Mai-Lin. „Das können Morgan und ich unmöglich alleine schaffen Jay. Sie senkt traurig den Kopf.
Jay legt einen Arm um sie: „Wie gesagt, haben wir seit längerer Zeit viele geheime Rückzugsorte geschaffen, verteilt über alle Meere und die ganze Welt. Wir stehen alle in dauerndem Kontakt miteinander. In den Meeren sind es die Delphine und Wale, die dafür sorgen, dass alle immer genau Bescheid wissen. An Land sind es die Vögel, Bienen, auch die Bäume, die Nachrichten weiterleiten. Wir sind sehr gut organisiert. Und in allen Teams sind zwei oder drei Kinder involviert, die wir sehr sorgfältig ausgewählt haben. Wie du siehst Mai-Lin, können wir ja keine Netze durchschneiden, oder unseren Freund Einsiedlerkrebs aus seiner Cola-Dose befreien. Nun, ich könnte es vielleicht versuchen mit meinen acht Armen. Aber meine ganzen Bemühungen haben leider nichts gebracht. Dafür brauchen wir euch. Und ihr Kinder seid noch unvoreingenommen, auch noch abenteuerlustig. Ihr glaubt auch an unsere Welt, auch daran, dass wir miteinander kommunizieren können. Die meisten Erwachse-

nen würden das hier alles bloß belächeln. Klar, gibt es unter denen noch Einzelexemplare, die sich für die Umwelt einsetzen. Aber es sind viel zu wenige. In manchen Ländern bilden sich zwar Gruppen, die an Stränden, in Wäldern und Wiesen, Müll einsammeln. Aber das ist genauso, als würde man ein Pferd von hinten satteln. Es darf einfach kein Plastikmüll mehr produziert werden. Die lieben Menschen müssen endlich lernen, dass man Abfall und Plastik nicht einfach in der Natur entsorgt.
Das ganz große Problem aber ist, es muss immer alles lukrativ sein. Es muss sich finanziell lohnen, sonst passiert leider gar nichts. Bei den Menschen dreht sich einfach alles immer nur um Macht und Geld." Jay nickt heftig mit dem Kopf.
„Kommt mit, ich bringe euch an den Strand, wo ihr kurz Kontakt mit dem Team des hier angrenzenden Pinienwaldes aufnehmen könnt. Die Nachricht kam eben bei mir an. Sie möchten euch gerne begrüßen", spricht Big und schwimmt den Kindern voraus bis an den feinsandigen Strand.
„Hier mache ich kehrt, sonst riskiere ich noch zu stranden", meint der große Hai. Er schwimmt langsam zurück ins tiefere Wasser.
Morgan und Mai-Lin werden von zwei Jungs in Empfang genommen.
„Hi, wir sind Fin und Sun." Die etwa zehnjährigen Jungs umarmen die beiden Meereskinder herzlich.
„He, ihr habt ja Flügel auf dem Rücken!", ruft Mai-Lin.

„Klar, die brauchen wir ja auch für unsere Einsätze, so wie ihr eure Schwimmhäute und Kiemen braucht, um optimal unter Wasser arbeiten zu können", antworten die Jungs. „Fliegend sind wir einfach schneller und wendiger. Folgt uns hinter die große Düne dort, da seht ihr unsere Freunde."
Als Mai-Lin und Morgan hinter der Düne angekommen sind, sehen sie viele Tiere, hauptsächlich Seevögel, auch kleine Robben, versammelt aneinander gekuschelt.
Ähnlich wie in der Lagune, sind auch diese mehr oder weniger schlimm verletzt, in Netzteilen eingeschnürt, oder einfach nur krank, weil sie Plastikteile und sonstigen Müll gefressen haben.
Dann legt sich ein riesiger Schatten auf die Beiden. Mai-Lin weicht erschrocken zurück.
„Keine Angst, das ist bloß Locke, ein schon etwas in die Jahre gekommener Krauskopfpelikan. Das sind die größten Pelikane der Welt. Locke ist 1,8o m lang, und seine Flügelspannweite beträgt stolze 3,46 m. Ist das nicht mal ein Vogel?"
Sun lacht und schwingt sich auf dessen Rücken.
„Leider gibt es von ihnen nicht mehr viele, sie sind vom Aussterben bedroht."
„Tach", meint der Riesenvogel. „Schön, dass ihr uns unterstützt. Mit all dem Müll werden wir einfach nicht mehr fertig. Schon gar nicht alleine.
Viele meiner Verwandten, Möwen, Basstölpel, Seeadler, Albatrosse usw. haben unglücklicherweise umhertreibende

Netzteile in ihren Nestern verbaut. Die Jungen haben sich darin verheddert, manche sogar darin erhängt. Zu viele haben Plastikteile verschluckt und sind daran gestorben. In dem Nest da drüben sitzen zwei junge Seeadler. Ihre Eltern sind seit mehreren Tagen schon nicht mehr zurückgekommen. Wir kümmern uns um die Kleinen, aber es ist nicht einfach, sie durchzubringen. Ich versuche schon, für sie auf Fischfang zu fliegen, um ihre hungrigen Schnäbel zu füttern. Ach, ich könnte eine unendliche Liste aufzählen....wir sind wirklich verzweifelt und wir haben ganz einfach keine Zeit mehr."
Locke senkt müde seinen Kopf.
In einer Mulde entdeckt Mai-Lin einen riesigen Berg Müll.
„Das haben wir alles an nur einem Tag gesammelt. Der Dreck liegt einfach überall herum. Von den Menschen einfach weggeworfen, oder absichtlich vergessen", meint Sun verärgert.
„Sie verbringen schöne Stunden hier am Strand, in unseren Dünen, unter den Pinien. Wenn sie dann nachhause gehen, hinterlassen sie eine Müllhalde.
Ich verstehe das einfach nicht. Schaut mal hier, sie rauchen auch und drücken ihre Zigaretten einfach im Sand aus. Das Meer nimmt die Kippen dann mit den Wellen mit. Das Gift, das in den Zigarettenfiltern enthalten ist, löst sich nach und nach im Wasser auf. Die Tiere nehmen das Gift auf, besonders die Muscheln und Krabben. Ekelhaft!
Der Strand ist doch kein Aschenbecher!"

Sun stampft vor Wut mit dem Fuß auf und ballt seine Fäuste.
„Wir kümmern uns nun schon seit Wochen um die verletzen und kranken Tiere. Aber wir sehen leider kein Ende. Wir müssen, alle miteinander, endlich den großen Plan ausarbeiten, wie und wann wir diesen Dreck endlich und endgültig loswerden.
„Ja, das müssen wir wirklich . Was meinen denn die anderen Teams? Gibt es schon eine konkrete Idee? Auch bei uns in der Lagune haben wir schon Unmengen an Müll zusammengetragen. Aber in den Meeren schwimmen doch noch weitere Millionen Tonnen von diesem Zeug herum, und es wird immer mehr. Die Menschen sind einfach blind und taub, sie produzieren immer weiter. Wir müssen endlich eine Lösung finden!" Morgan läuft ganz rot an vor Wut.
Eine alte Möwe ergreift das Wort:
„Viel zu selten, aber doch manchmal, gibt es auch Schönes noch zu berichten ihr Lieben. Langsam gibt es immer mehr Menschengruppen, die sich organisieren, in Vereinen und Clubs, um sich mit dem leidlichen Thema zu beschäftigen. Nur, wenn man die über acht Milliarden Menschen nimmt, ist das noch eine verschwindend kleine Gruppe. Die Meisten interessiert das eben gar nicht. Das Problem ist auch, selbst wenn einige Gruppen versuchen, auf der einen Seite den Müll zu beseitigen, wird auf der anderen Seite ja weiter und irrsinnig immer mehr produziert. Letzte Woche schwammen z.B. hier hunderte Salatgurken herum. Die wa-

ren alle einzeln in Plastik eingepackt. Das soll einer verstehen......
Vorgestern aber habe ich ein Fischerboot verfolgt. Ich wollte wissen, was die vorhaben.
Dann bemerkte ich den großen, grauen Berg im Wasser. Es waren Wale, so unglücklich in einem riesigen Geisternetz verfangen, dass sie aneinander geschnürt und gefesselt waren.
Das war ein sehr trauriges und schreckliches Bild. Es war den vier Tieren unmöglich, sich zu bewegen. Ein Glück, sie waren an der Wasseroberfläche und konnten so Sauerstoff atmen.
Ich staunte nicht schlecht, als ich sah, dass die Männer mit ihrem Boot ganz vorsichtig an die Gruppe heranfuhren. Einer von ihnen ist dann getaucht, um sich die Katastrophe wohl genauer anzuschauen. Dann haben sie stundenlang, mit Messern und Scheren, das Netzknäuel mit den Bojen, von den Fluken und Finnen der armen Wale abgeschnitten. Sogar am nächsten Tag haben sie weiter an den Walen gearbeitet. Der Ältere der Männer, ich denke es waren Vater und Söhne, wischte sich dauernd die Augen. Er hat tatsächlich geweint. Dann hörte ich ihn sagen:
„Wir müssen endlich damit aufhören, unsere kaputten Netze einfach im Meer zu entsorgen. Was wir Menschen hier tun, ist einfach nicht in Ordnung. Es ist eine große Sünde."
„Nette Geschichte. Aber nur mit großen Reden ist noch lange das Problem nicht gelöst.

Vor zwei Tagen bin ich einem dieser schwimmenden und stinkenden Hochhäusern weit da draußen gefolgt", ergreift Diomedi, ein mächtiger Albatross das Wort.
„Ich habe meinen Augen nicht getraut, als ich sah, wie aus einer Klappe an dem Eisenbauch des Ungetüms plötzlich ein Riesenberg an Müll herausschoss.
Ich habe mir den Dreck ganz genau angeschaut, wie er sich in den Wellen ausbreitete. Das waren Kartoffelschalen, Kuchenreste usw. usw.
Das wäre ja noch nicht so tragisch, weil es sich im Salzwasser zersetzt, oder von Fischen gefressen wird.
Aber inmitten dieses Abfalls, schwammen Unmengen an Blechdosen, Plastikflaschen, Plastikgeschirr, Pappschachteln, Aluminiumschalen, Zigarettenstummel, auch undefinierbare, widerliche Stoffklumpen.
In jedem Hafen können diese schwimmenden Hotels ihren Müll gegen angemessene Gebühren entsorgen. Aber auf unserer See hier draußen, ist das ja kostenlos. Die Menschen haben wirklich überhaupt kein Gewissen. Darüber hinaus, treiben sie diese riesigen Motoren an mit Schweröl, das die ganze Luft über unseren Meeren zusätzlich verpestet."
Eine Weile sitzen die Kinder, Locke und der Albatross Diomedi, traurig und still zusammen.
Bei Morgan bildet sich eine tiefe Denkfalte auf der Stirn. Sun kratzt sich am Kopf, und Mai-Lin fährt mit beiden Händen wild durch ihre Haare.

Dann taucht Jay der Krake plötzlich aus einer Welle auf. Er schwingt sich elegant an den Strand, zu der nachdenklichen Runde und spricht:
„Liebe Freunde, wir sollten nun endlich die Lösung finden. Ich habe auch Marwin mitgebracht."
Sie rücken alle noch näher zusammen. Jay legt zwei seiner langen Arme um die kleine Gruppe.
„Wir könnten um die Wälder, die Strände, überall dort, wo die Menschen so gerne hingehen, Barrieren bauen", ergreift Marwin das Wort. „Das könnte ich mit meiner Familie und vielen Spinnen aus unserer großen Verwandtschaft, liebend gerne übernehmen."
„Welche Barrieren, wie hast du dir das denn genau vorgestellt?", fragt Jay.
„Naja, die Menschen gruseln sich doch vor uns Spinnen. Wenn wir die ganze Natur mit unseren Spinnweben einwickeln, wie eine große Schutzmauer, auch noch Einige von uns, besonders die Großen und einige Giftige, als Wächter reinsetzen, dann werden sie doch nicht mehr kommen? Besonders vor unseren Netzen ekeln sie sich doch."
„Die Idee ist gar nicht mal so schlecht", meint Morgan. „Aber den Müll haben wir dann ja immer noch hier bei uns. Den wollten wir doch eigentlich und endlich loswerden."
„Aber sie könnten dann keinen weiteren Müll mehr bei uns abladen", meint Marwin ernst.
„Könnten die wohl, und die Meere, auch die ganzen Küsten, könnt ihr Spinnen doch nicht einweben. Und gerade dort

schwimmt der Menschenmüll ja tonnenweise herum. Auch die Schiffe könnt ihr nicht einspinnen", wirft Jay ein und kratzt sich nachdenklich am Kopf.
„Aber, à propos Schiffe. Da habe ich doch mal eine geniale Idee ihr Lieben. Durch die vielen großen und stinkenden Pötte, die in unserem Lebensraum hier herumstampfen, ist bei uns hier unten auch nie Ruhe. Viele von uns sind durch all diesen Lärm schon richtig krank. Ich schlage vor, auch hier etwas zu unternehmen, und zwar ganz massiv!"
„Wie meinst du das?", fragt Fin und schaut Jay dabei sehr interessiert an.
„Einige Delphinschulen schnappen sich ekelige Geisternetze und bringen sie zu den schwimmenden Hochhäusern. Dann werfen sie die Netze in die Schiffsschrauben. Diese bleiben stehen, die Motoren auch. In unseren Meeren wird es dann endlich ruhig, vorübergehend ", antwortet Jay.
„Nicht schlecht, deine Idee. OK, für einige Zeit könnte dein Plan funktionieren. Dann aber reparieren sie ihre Antriebe und werfen die Geisternetze wieder zurück ins Meer. Wir müssen sie dann erneut einsammeln. Was ich allerdings ziemlich merkwürdig finde ist, dass diese Schiffe nie in solche Netze reingeraten. Diese Dinger treiben doch hier überall herum und es werden täglich mehr. Warum trifft es immer nur die Unschuldigen, also uns Meeresbewohner?" Morgan macht ein sehr nachdenkliches Gesicht.
„Naja, immerhin würden doch Einige von ihnen sich vielleicht Gedanken machen, wie es sein kann, dass plötzlich

alle Schiffe stehen bleiben, Pannen haben. Sie würden darüber berichten in ihren Medien. Und vielleicht käme ja mal Einer auf den Gedanken, dass das nicht mit rechten Dingen zugeht. Sie glauben doch so gerne an höhere Gewalt, oder an geheime Kräfte, ja sogar Hexerei, oder Verschwörung. Darin sind sie ja sehr erfinderisch. Aber es gibt doch bei solchen, unerklärbaren Ereignissen, immer auch den Einen oder die Eine, der oder die etwas tiefer nachdenkt."

„Tja, das könnten wir eventuell machen. Aber die wirkliche Lösung ist das doch auch nicht", wirft Locke ein.

„Ist das denn nicht sehr böse, und auch falsch von uns, wenn wir das tun?"

Ein kleiner, bunter Fisch ist herangeschwommen, und schaut aus einer großen Welle heraus. Ihm fehlt eine Flosse.

„Wieso denn böse?", fragt Jay.

„Naja, da kann ja etwas Schlimmes passieren, auch soll man nie Gleiches mit Gleichem vergelten", meint der kleine Bunte weiter.

„Was kann denn diesen Riesenschiffen schon passieren? Sie bleiben einfach für eine Weile stehen. Sie werden weder Schmerzen haben, noch Angst zu verhungern, oder zu ertrinken. Sie sind nur für eine Weile manövrierunfähig. Wir legen doch damit nur ihren Antrieb lahm. Genau das tun sie doch dauernd mit uns. Indem wir uns in ihren Netzen verheddern, unsere Flossen, Finnen und Fluken lahmgelegt werden, und wir dadurch dem Tode geweiht sind.

Bei diesem Plan habe ich jedenfalls nicht eine einzige Minute ein schlechtes Gewissen! Nein, habe ich nicht!", meint Jay ganz aufgeregt und wechselt seine Farbe.
„Trotzdem hast du recht, kleiner Fisch. Wir sollten nicht so gemein und rücksichtslos sein, wie die Menschen. Aber unsere großen Freunde, die Albatrosse, sollten zumindest denen ihren Antrieb lahmlegen, die sie auf hoher See dabei erwischen, wie sie ihren Müll einfach in unserem Lebensraum entsorgen. Sie können sie auf hoher See beobachten."
„ Der Meinung bin ich aber auch", meint Diomedi.
„Und ich finde es OK, wenn wir zumindest diesen Schiffen einen Denkzettel verpassen. Ich und meine Freunde werden das auf jeden Fall ganz genau beobachten."
Mai-Lin springt plötzlich auf und stellt sich vor die Gruppe.
„Meine Lieben, ich habe die Lösung!" Alle schauen sie gespannt an.
„Jeder von uns hat doch schon mal etwas verloren, oder irgendwo vergessen. Stimmt's? Ich habe einmal ein sehr schönes Täschchen, das mir Papa geschenkt hatte, verloren. Darüber war ich besonders traurig. Einige Zeit verging, dann hat bei uns eine Oma geklingelt und uns das Täschchen zurückgebracht. Sie wohnt nicht weit von uns entfernt und hatte mich ein paarmal damit gesehen. Ich habe mich sehr gefreut. Wir haben die nette Oma zum Kaffee eingeladen, als Dankeschön."
„Schöne Geschichte Mai-Lin, aber was willst du uns denn damit sagen?", fragt Morgan.

„Wenn man etwas verliert, irgendwo vergisst, liegen lässt, dann freut man sich, wenn man es wiederbekommt, oder nicht?"
„Verstehe immer noch nicht so ganz", meint Jay.
„Aber das ist doch ganz einfach. Die Menschen lassen doch überall, beabsichtigt oder unbeabsichtigt, ihren Müll liegen. Das eine oder andere Teil mögen sie ja schon mal echt vergessen haben. Nun ja....Uns ist aber schon klar, dass sie den meisten Dreck einfach respektlos bei uns entsorgen. Hauptsache, sie sind es los. Wir haben uns nun zusammengetan, viel hin und her überlegt. Weil wir sehr freundliche Wesen sind, werden wir den respektlosen Menschen ganz einfach mal eine große Freude machen."
„Eine große Freude?" Alle schauen Mai-Lin erstaunt und erwartungsvoll an.
„Ja!! Wir bringen ihnen einfach alles zurück!"
„Zurückbringen? Wie um Himmels Willen soll das denn passieren? Das sind Millionen Tonnen von Müll. Wie wollen wir das alles einsammeln, und wie soll es zu den Menschen zurück?", fragt Locke.
„Aber wozu haben wir denn weltweit die ganzen Teams gegründet? Wir reden hier die ganze Zeit vom „großen Plan". Wir wollen doch nicht so handeln, wie diese erwachsenen Menschen da draußen. Nur reden, reden, aber nicht wirklich handeln", spricht Mai-Lin.
„Das ist eine wirklich geniale Idee!" Morgan ergreift das Wort.

„Die Tiere haben sich an uns gewandt, weil sie uns noch vertrauen und wir ihnen.
Je nach Einsatz, haben wir Flügel bekommen, oder Kiemen und Schwimmhäute. Wir dürfen mit ihnen in ihrer Sprache kommunizieren. Sie nehmen uns auf, in ihren engsten Lebensraum. Dieses Vertrauen müssen wir wirklich sehr respektieren, keinesfalls missbrauchen.
Wir müssen jetzt wirklich endlich handeln!
Wie sieht der „große Plan" denn nun genau aus Jay?
Ihr Kraken seid ja als hochintelligente Wesen bekannt. Wir sind sehr gespannt, wie wir Mai-Lins großartige Idee denn nun verwirklichen können."
Alle schauen gespannt auf die Beiden.
„Also hört genau zu ihr Lieben. Die Idee ist ganz einfach super! Die kleine Spinne Marwin ruft ihre ganze Familie weltweit zusammen. Sie sollen sofort mit der Spinnerei ihrer riesigen Radnetze starten. Die sind bis zu 25m breit. Auch andere Spinnen sind sicher bereit, das eine oder andere starke Netz beizusteuern. So weben z.B. unsere Kreuzspinnen ebenfalls Radnetze mit bis zu 75cm Durchmesser. Viele haben sich bereits angemeldet. Spinnennetze sind dreimal stärker als Stahl. Sie sind unheimlich dehnbar und stabil. Damit kann sehr viel Müll transportiert werden."
Jay strahlt.
„So viele Netze können die kleinen Spinnen gar nicht weben, um diese Millionen Tonnen an Menschenmüll zu transportieren. Und überhaupt, wer soll das alles denn einsam-

meln, wie hast du dir das genau vorgestellt lieber Freund?"
Morgan schaut ihn erwartungsvoll an.
Jay fährt fort: „Nichts ist unmöglich, wenn man daran glaubt. Natürlich können und sollen unsere Spinnenfreunde diese ganze Arbeit nicht alleine übernehmen. Wir haben doch noch andere Transportmittel. Und wir haben in der ganzen Welt unsere Teams. Wir, das sind viele Millionen!!
Diese ganzen Geisternetze, die überall herumtreiben und sogar Wale fesseln, wenn sie hineingeraten, sind sehr stabil Sie eignen sich deshalb hervorragend als Transportmittel. Gerade die müssen wir den Menschen mitten in ihre Städte werfen. Wenn sie dann durch die Straßen laufen, werden sie am eigenen Leibe erfahren, wie es ist, sich in so einem Ding zu verfangen, sich immer enger darin zu fesseln, bis zur völligen Unbeweglichkeit.
Das müssen wir unbedingt tun!"
„Wie der kleine Fisch gesagt hat, soll man doch aber Gleiches nicht mit Gleichem vergelten. Das sagt auch Vati immer." Mai-Lin schaut Jay erwartungsvoll an.
„Dein Vater ist sehr weise. Klar heißt es so.
Aber die Menschen werden erst verstehen, was sie den Tieren und der Natur antun, wenn sie deren Leid am eigenen Leibe erfahren. Ohne eine solche Erfahrung, werden sie niemals aufwachen.
Außerdem bringen wir ihnen ja lediglich das zurück, was sie bei uns vergessen haben, beabsichtigt, oder unbeabsichtigt. Das ist unsererseits ja nur eine sehr freundliche Geste.

Unsere Pelikanfamilie da drüben, die können mit ihren Riesenschnäbeln Mengen an Müll aufnehmen und fliegen. Über unsere natürlichen und perfekten Kommunikationswege, kann der Auftrag ja nicht bloß an alle Pelikanfamilien gesendet werden, sondern an alle Tiere und Teams weltweit. Unsere Wale und Delphine, können alle Nachrichten und Informationen zu unserem „großen Plan", über tausende Kilometer weit, über alle Meere schicken.
Die Bäume sind fähig, Nachrichten unterirdisch, über ihre Wurzeln zu verbreiten, auch über Duftsignale.
Bienenvölker, Wespen und Hornissen, Schmetterlinge, Millionen von ihnen können ausschwärmen und informieren.
Wisst ihr eigentlich, dass Bienen tanzen? Ja, sie tanzen Nachrichten. Entweder im Kreis, oder schwänzelnd."
„Ja!", ruft Mai-Lin.
„Das hat mir Vati einmal aus einem großen Buch über Bienen vorgelesen.
Und alle Vögel werden sowieso dabei sein. Besonders die starken und guten Flieger unter ihnen. So kann z.B. ein Team von Albatrossen leicht größere, mit Müll gefüllte Geisternetze fliegen.
Auch große Möwen können das, auch die kräftigen Seeadler. Unsere Meeresfreunde haben enorme Möglichkeiten, den ganzen Dreck einzusammeln und an die Sammelpunkte zu bringen. Von dort kann die Verladung in die diversen Netze erfolgen. Die Pelikane füllen ihren dehnbaren Schnabelsack."

Mai-Lin hat vor Aufregung schon ganz leuchtende Wangen.
Und Jay übernimmt:
„Die Wale können Unmengen an Müll in ihren Riesenmäulern aufsammeln. Die Walhaie sind auch sehr gerne dabei.
Dann die vielen, großen Quallen-Familien mit ihren langen Tentakeln. Mit denen greifen sie das herumtreibende Plastikzeug.
Meine Familie, die Kraken mit ihren acht Armen, sind ebenfalls gut geeignet, Müll einzufangen. Und mit unseren Saugnäpfen sind wir fähig, zusätzlich Riesenmengen aufzunehmen."
Morgan stimmt zu:
„Super, das ist die Lösung! Alle werden und müssen mit anpacken, dann wird es funktionieren. Denn gemeinsam sind wir sehr stark.
Aber...wohin sollen diese Millionen Tonnen Müll denn eigentlich genau hingeflogen werden?"
Morgan macht plötzlich ein nachdenkliches Gesicht.
„Natürlich dorthin, wo der Dreck hauptsächlich produziert wird. In die Großstädte der Menschen. Dorthin, wo sie leben, und ihre riesigen Fabriken haben.
Sie nennen diese Orte Ballungsgebiete.
In diese Fabriken, die die ganzen Verpackungen, Plastikflaschen, Pralinenschachteln, Blechdosen, Kaffeekapseln, Plastiktüten, giftiges Kinderspielzeug, Zigaretten, Elektrogeräte, Handys usw. herstellen und vertreiben.
Auch in die Touristengebiete, die sich immer weiter in die

Natur hineinfressen, Müll hinterlassen und das Gleichgewicht zerstören." Diomedi nickt heftig mit dem Kopf.
„Aber, wie finden wir denn genau diese Fabriken?", fragt Morgan weiter.
„Ich denke, da werden uns unsere Freunde, die Raben und Krähen, als Späher, sicher liebend gerne unterstützen", meint Jay.
Im selben Augenblick landen zwei große, schwarze Schatten auf einem kleinen Felsen, direkt neben der Gruppe. Es sind zwei stattliche Raben. Ihr schwarzes Gefieder glänzt in der Sonne.
„Darf ich mich vorstellen, Faruk. Das hier ist mein Bruder Schaan. Wir kennen sie ganz genau, diese elenden Fabriken. Ihre hohen, stinkenden Schornsteine, sind schließlich nicht zu übersehen. Aber selbst ohne diese, wissen wir ganz genau wo sie sind. Auch diese schrecklichen Tiergefängnisse, meist ohne Fenster, kennen wir. Ich erzähle euch lieber nicht, was da so abgeht, sonst wird euch noch speiübel. Uns und unserer Großfamilie, wird es eine Ehre sein, die Führung zu übernehmen."
„Unser Plan ist einfach super!", übernimmt Jay wieder.
„Ich hoffe nur, dass die Nachrichtenübermittlung auch reibungslos funktioniert. Durch den ganzen Lärm hier unten, sind unsere Wale und Delphine leider immer öfters orientierungslos. Die Sonartests der US-Navy töten hunderte von ihnen. Sie stranden, weil sie den Druck nicht überleben. Auch durch diese Öl-Bohrinseln, Sprengungen

am Meeresboden, Pipelines und die Schiffsmotoren, wird der ganze Lärm, der Unterwasserschall, bis zum dreifachen verstärkt und geleitet. Wisst ihr eigentlich, dass der Antrieb der Riesenschiffe das Wasser zum kochen bringt? Dadurch entstehen Millionen von Gasblasen. Wenn diese dann platzen, erzeugen sie ohrenbetäubenden Lärm. Das stört ganz empfindlich die Verständigung zwischen den Meeresbewohnern. Dieser Unterwasserlärm führt nicht selten auch zum Tode. Wie viele Wale stranden denn immer wieder? Mir brummt auch öfters der Kopf, und ich höre schon schlechter. Die Menschen kratzen sich dann hinterm Ohr, setzen eine wichtige Miene auf. In ihre Zeitungen schreiben sie dann hinein, dass sie sich nicht erklären können, warum diese Tiere stranden.
Ich aber weiß es! Sie flüchten vor dem unerträglichen Lärm in ihrem Lebensraum."
Jay bäumt sich demonstrativ auf, wechselt die Farbe und fährt fort: „ Bevor wir das Startkommando geben, sorgen einige Albatross-Teams dafür, dass es, zumindest vorübergehend, ruhiger und leiser wird. Sie bringen einige Geisternetze zu den Schiffsstraßen, werfen sie all den Schiffen in die Schrauben, die es wagen, ihren Müll da draußen zu entsorgen. Die Motoren schalten sich aus und es wird eine Weile dauern, bis sie die Panne beheben können.
Dann erfolgt das Startkommando."
„Wie wird das genau aussehen?" Mai-Lin schaut Jay gespannt an.

„Zur Stunde Null, also kurz vor Mitternacht, werden alle Wale und Delphine, in allen Weltmeeren, anfangen zu singen.
An Land starten die Bienen, Hummeln, Hornissen, mit einem lauten Summkonzert. Alle Vögel werden ihre schönsten Lieder singen. Alle Bäume werden kräftig ihre Wipfel schütteln, und so mit gigantischem Rauschen in das Konzert einstimmen. Die Hasen werden mit ihren großen Füßen klopfen, die Wölfe werden heulen, usw. Alle jetzt einzeln aufzuzählen, würde zu lange dauern. Die Menschen bezeichnen sich ja gerne als die Herren der Schöpfung. Wie arrogant! Wir werden ihnen zeigen, wer das wirklich ist. Sie sind so mit sich selbst beschäftigt, dass sie gar nicht merken, dass die Natur längst damit begonnen hat, sich diesen Planeten zurückzuerobern."
„Wow, das wird ganz schön laut werden, aber auch so wunderschön. Und wenn diese riesigen Vogelarmeen dann über die Städte segeln, wird es aussehen, wie ein gigantischer Luftangriff. Der Himmel, über dem ganzen Planeten, wird sich verdunkeln, wenn wir mit unserem großen Geschenk ankommen."
Morgan klatscht vor Begeisterung in seine kleinen Hände.
„Wenn diese Millionen Riesenvögel, Pelikane, Adler, Albatrosse, Raben und Möwen, die Städte überfliegen, werden die Menschen denken, es ist der Weltuntergang."
„Ja", antwortet Jay. „ Nur mit dem Unterschied, dass keine Sirenen aufheulen, also keine Warnung erfolgt. Um zu ver-

meiden, dass die Menschen uns kommen sehen, sollte es überall nachts passieren und zwar genau um Mitternacht. Das muss genauestens koordiniert werden, weil ja nicht überall auf der Welt die gleiche Zeit ist. Aber das bekommen wir hin."

Alle umarmen sich noch einmal herzlich, bevor Jay, Mai-Lin, Morgan und Marwin, wieder in den Wellen abtauchen.

„Die Nachrichtendienste arbeiten hervorragend. Die Sammelpunkte sind schon alle bereit. Die Müllsammlung kann starten!", werden sie von Blue und Big empfangen.

Und so stürzen sich alle gemeinsam, mit großer Begeisterung, in ihre Aufgaben.

Damit es koordiniert läuft, sich nicht alle durcheinander in die Quere kommen, ergreifen in Jays Team, Mai-Lin und Morgan gemeinsam mit Jay, die Organisation.

Der ganze Müll kommt nach draußen, auf einsame Inseln und Sandbänke.

Möwen und Seeadler bringen die von Marwins Familie gewebten Netze und Geisternetze an Ort und Stelle. Möwengruppen fischen im Flug, an der Wasseroberfläche treibende Plastikteile auf. Riesengruppen an Walen und Delphinen, Walhaien, Hammerhaien, Mantas, pflügen mit ihren großen Mäulern durch die Wellen.

Auch tief am Meeresboden, sammeln sie abgesunkenen Dreck ein, und bringen ihn an die Wasseroberfläche.

Millionen von Quallen fischen mit ihren langen Tentakeln Unmengen an Müll. Ganze Armeen von Kraken leisten gute

Arbeit mit ihren acht Armen. Die größeren saugen zusätzlich kleinere Müllteile mit ihren Saugnäpfen an.
Blue und seine ganze Familie, nehmen große Mengen an Müll einfach huckepack und bringen ihn zu den Sammelstellen, wo fleißige Seevögel sie mit ihren starken Schnäbeln in die Spinnennetze und Geisternetze füllen.
An Land tragen Billionen von Blattschneiderameisen Müllteile an die dortigen Sammelstellen.
„Wir sind selbstverständlich dabei, als Revanche für die Zerstörung vieler unserer Nester durch die Menschen. Neulich erst, haben sie direkt über unserem Nest ein Picknick veranstaltet, dann mit Ästen unser Heim zerstört, einfach so, weil es ihnen Spaß gemacht hat. Einige von uns haben sie mit ihren brennenden Zigaretten gequält." Meldet sich Suri, die Königin des Ameisenvolkes, das sein 5o qm großes Nest 8 Meter tief, direkt im Pinienwald, angelegt hat. „Die Nachrichten an unsere Familien weltweit werden unterirdisch über die Pilze an den Baumwurzeln weitergeleitet. Wir sind unheimlich schnell, außerdem sind wir fähig, ein Mehrfaches unseres Eigengewichts zu schleppen. Mit unseren Riesenarmeen, bestehend aus mindestens je 3 Millionen Arbeiterinnen pro Nest, werden uns selbst die kleinsten Müllteile nicht entgehen.
Manche Teile können wir uns noch perfekt zurechtschneiden. Bei größeren Stücken sind wir allerdings auf Hilfe angewiesen. So haben z.B. zwei Männer letzte Nacht, mehrere Autoreifen einfach im angrenzenden Weizenfeld ent-

sorgt. Andere haben einen kaputten Kühlschrank, ein altes Sofa, zwei Fernseher und
Möbelteile, einfach so in den Wald geworfen. Bald sieht unsere schöne Natur aus wie eine riesige Müllkippe. Wir sind so wütend auf diese Menschen. Als kleine Beigabe, werden wir alles von uns Eingesammelte noch ordentlich mit unserer Ameisensäure einspritzen."

Nach mehreren, anstrengenden und arbeitsreichen Tagen, ist es dann endlich geschafft. Zumindest ist der ganze aktuelle Müll an den Sammelpunkten, schön verpackt in den Spinnennetzen, oder Geisternetzen der Fischer.

„So meine Lieben", ergreift Jay wieder das Wort.

„Bei uns hier wird in einer Stunde Mitternacht sein. Dann legen wir los. Sobald unsere gefiederten Freunde mit den vollen Netzen starten, geht die Nachrichtenwelle weiter in die Welt. Zug um Zug, werden dann überall die Vogelarmeen aufsteigen und in die Städte der Menschen fliegen. Sie werden fliegen, auf einer gigantischen Welle von Walgesängen, Vogelzwitschern, Insektensummen und Blätterrauschen.

„Das wird ein einmaliges Schauspiel werden. Die ganze geschundene Natur, die ganze Tierwelt, vereint im Gegenschlag gegen die Menschen und ihre stinkenden Städte", flüstert Big.

„Dürfen wir mitfliegen? Ich möchte zu gerne zuschauen, wenn der ganze Müllregen über den Städten abgeworfen wird. Auch möchte ich gerne die dummen Gesichter der

Menschen sehen, wenn sie dann am Morgen aus ihren Häusern und Wohnungen rauskommen und in ihren Tonnen von Müll die Orientierung verlieren. Ganz besonders möchte ich dabei zuschauen, wenn sie sich in den Geisternetzen verheddern und einschnüren, bis zur völligen Unbeweglichkeit."
Morgan ist ganz aufgeregt.
„Na klar, dürft ihr mitfliegen. Dich und Mai-Lin packe ich doch einfach in meinen Schnabelsack. Mit euch Lieben werde ich sogar über mehrere Städte noch eine Ehrenrunde fliegen", spricht Locke und strahlt die Kinder an.
„Aber, wir werden erst bei Sonnenaufgang unseren Beobachtungsflug starten. Bei der Lieferung muss ich ja mitmachen. Mit meinem Riesenschnabel werde ich jede Menge an Müll transportieren können."
„Oh Mann, das wird ein Riesenabenteuer! Zum Glück wohnen wir nicht in einer solchen Stadt, sondern direkt hier am Meer. Unsere Strände sind erst einmal richtig gesäubert!", ruft Mai-Lin.
„Ja, aber wie lange? Ich hoffe, unser Unternehmen wird die Menschen endlich zum Umdenken und Nachdenken bringen. Passiert das nicht, werden sie weiterhin unsinnigen Müll produzieren. Dann sieht alles in einigen Monaten wieder genauso aus, wie vorher. Unsere ganze Mühe und unser Einsatz waren dann umsonst", antwortet Morgan.
„Wir sollten aber nun alle gemeinsam nur positive Gedanken in die Welt schicken. ihr Lieben. Gedanken sind nämlich auch Energie. Wir bringen den Menschen ihre, bei uns ver-

gessenen und achtlos entsorgten Sachen zurück. Gewiss werden sie sich über unser Geschenk erst einmal nicht besonders freuen. Aber den Einen oder Anderen, wird es doch vielleicht, oder hoffentlich, zum Nachdenken anregen? Wir sollten uns darauf stark konzentrieren und auch daran glauben." Jay macht trotzdem ein ziemlich nachdenkliches Gesicht.

„Ja, Vati sagt auch immer, dass der Glaube Berge versetzen kann", antwortet Mai-Lin.

Punkt Mitternacht ist es dann endlich so weit. Jay gibt endlich das Kommando zum Start.

Mai-Lin und Morgan sind zurück an den Strand gekommen, um, mit Sun und Fin, dem Schauspiel beizuwohnen. Das Meer ist ganz ruhig. Nur kleine Wellen glitzern silbern im Mondlicht. Es ist völlig windstill und Morgan flüstert:

„Die ganze Natur hält jetzt ihren Atem an."

Dann beginnen die Wale zu singen. Erst ganz leise, dann immer lauter. Die Vögel stimmen mit ein. Alle Bäume schütteln kräftig ihre Wipfel, sie schwingen dabei hin und her.

Das Rauschen wird immer lauter. In der Ferne heulen Wölfe.

Jay hat sich zu den Kindern gesellt. Liebevoll umschlingt er sie mit zwei seiner langen Arme. Die kleine Freundesgruppe sitzt eng umschlungen, mit Tränen der Rührung in den Augen, als die ersten Vögel in den Nachthimmel aufsteigen. Die Schnäbel der Pelikane sind prall gefüllt. Die starken Möwen haben Teams gebildet, sie tragen Marwins Netze,

die bis an den Rand gefüllt sind. Die besonders kräftigen Seeadler und die Albatrosse, schleppen vollbepackte Geisternetze.
Zwischen Mondlicht und dem silbern schimmernden Meer, sehen sie aus, wie Wesen aus einer anderen Welt. Das sanfte Rauschen ihrer starken Flügel stimmt in das einmalige Naturkonzert mit ein.
Mai-Lin schmiegt sich ganz fest an Jay. Ihre Augen füllen sich mit Tränen.
„Kein menschliches Orchester der Welt, wird jemals ein solches, gigantisches Konzert und perfektes Schauspiel, vorführen können", meint der Krake feierlich.
Er drückt die Kleine fest an sich. Auch Morgan, Fin und Sun, kuscheln sich in seine Arme. Alle sind vor lauter Staunen ganz stumm.
Als dann am Horizont vorsichtig die Sonne ihr zartgelbes Gesicht zeigt, sieht man noch die letzten Vögel am Morgenhimmel dahinziehen.
Wie Schattenwesen aus dem Jenseits, steigen sie immer höher, bis sie nur noch als winzige Punkte zu erkennen sind.
Eine tiefe Stille hat sich über den Strand und den kleinen Pinienwald gelegt.
Die Natur hat wirklich, für ein paar Augenblicke, ihren Atem angehalten.
Sun und Fin haben sich unter die Pinien zurückgezogen.
Jay hat Mai-Lin und Morgan zurück in die Lagune gebracht.
Beide Kinder sind friedlich eingeschlafen. Jay hält sie lie-

bevoll umschlungen in seinen Armen. Er betrachtet ihre zarten Kindergesichter, die so friedlich im Traum lächeln. Blue und Big schwimmen vorsichtig heran. Auch sie sind ganz verzückt, beim Anblick der schlafenden Menschenkinder.
„Sie sind unsere Zukunft lieber Jay", spricht Big sichtlich berührt.
„Ja", antwortet der Krake. „Sie sind unsere Zukunft. Ich hoffe für uns und diesen ganzen Planeten, dass wir sie wirklich sehr sorgfältig ausgewählt haben.
Sie werden hoffentlich Spuren hinterlassen. Spuren der Hoffnung, des Friedens, der Gerechtigkeit. Auch Spuren der Liebe."
„Bestimmt haben wir das Richtige getan, Jay. Diesen Kindern können wir vertrauen. Das fühle ich ganz tief in meinem Hai-Herzen.
Sie tragen unsere Botschaft nun hinaus. Ich bin auch ganz fest überzeugt, sie werden dafür sorgen, dass sich alles, irgendwann doch noch zum Guten wendet", flüstert Big.
„Wir werden euch niemals enttäuschen! Niemals!"
Die beiden Kinder sind aufgewacht. Mai-Lin umarmt Jay.
„Aber ich glaube, wir müssen mal nachhause.
Unsere Eltern werden sich sicher schon Sorgen machen, wo wir abgeblieben sind. Wie lange sind wir nun schon hier?"
Mai-Lin schaut ihre Meeresfreunde fragend an.
„Keine Sorge mein Kind", meint Jay. Alles ist in bester

Ordnung. Für die ganze Zeit, die ihr hier bei uns wart, haben wir die Zeit angehalten.
Aber schaut, da kommt gerade Locke angeflogen. Ihr wolltet doch mit ihm noch einen Rundflug unternehmen, über die Städte, anschließend kann er euch dann zuhause absetzen", flüstert Jay.
„Ich mag keine Abschiede", meint Mai-Lin mit Tränen in den Augen. Sie umarmt auch Big und Blue.
„Aber es ist doch kein richtiger Abschied. Du wohnst hier am Strand, hinter der großen Düne. Morgan wohnt auch ganz in der Nähe. So werden wir uns, so oft wir möchten, wiedersehen.
Wir müssen ja noch genau verfolgen, wie unser „großer Plan" angekommen ist, und wie es weitergeht."
Jay ist ganz gerührt. Er berührt mit der Spitze eines Armes Mai-Lins Stirn. Auch Morgans Stirn berührt er sanft.
Dann schwimmen alle an die Wasseroberfläche.
„Moin", empfängt sie Locke strahlend und sperrt seinen Riesenschnabel weit auf.
Die beiden Kinder steigen hinein.
Dann hebt der Riesenvogel ab, dreht eine Runde über die Lagune, fliegt dann durch den Regenbogen hindurch in den blauen Himmel hoch.
„Wow", ruft Mai-Lin. „Ich bin wirklich gespannt, wie es jetzt in den großen Städten aussieht Morgan, du auch?"
„Au ja, und wie!", antwortet der Junge.
Dann tauchen sie tief hinein in eine riesige, weiße Wolke.

„Wie weich sie ist. Sie fühlt sich genauso an, wie meine Kuscheldecke."
Mai-Lin schaut strahlend in Richtung ihres Freundes Morgan. Aber der ist gar nicht mehr da. Sie schaut direkt in das liebe Gesicht ihrer Mutter, die sie liebevoll in die Arme nimmt.
„Wo bin ich Mami? Und wo sind Locke und Morgan?", ruft sie ganz aufgeregt und schaut sich suchend um.
„Wer sind denn Locke und Morgan, Liebes? Du hast bestimmt geträumt. So lange hast du noch nie geschlafen Kind. Geht es dir gut?" Die Mutter ist ganz besorgt.
„Ja Mama, mir geht es gut."
Dann betrachtet sie ganz aufgeregt ihre Hände und Füße. Die Schwimmhäute sind verschwunden. Auch ihre Schläfen betastet sie. Die Kiemen sind auch weg.
Sie reibt sich die Augen und schlingt ihre Ärmchen um den Hals der Mutter.
„Eben war ich doch noch in Lockes Schnabel. Wir wollten uns ja noch die Städte von oben anschauen.
Ich wollte unbedingt wissen und sehen, ob der große Plan ein Erfolg war", spricht sie mit trauriger Stimme.
„Locke, großer Plan? Kind, was um Himmels Willen hast du nur geträumt? Komm' wir gehen runter in die Küche. Papa ist auch da. Er hat dir einen leckeren Kakao gemacht."
Als sie alle zusammen am Tisch sitzen, schaut Mai-Lin sehnsüchtig zum Fenster hinaus aufs Meer. Dann stellt sie eine für die Eltern sehr seltsame Frage:

„Steht etwas Wichtiges in der Zeitung Papa? Ist letzte Nacht etwas ganz Großes in der Welt passiert?"
Der Vater schaut die Mutter nachdenklich an.
„Nein Kind, was soll denn in der Zeitung stehen?", fragt er sichtlich erstaunt.
„Darüber darf ich leider nicht sprechen Vati. Das ist so groß und wichtig, aber noch ein Geheimnis", antwortet sie mit ernstem Gesicht.
Als später die Mutter Mai-Lins Gesichtchen wäscht, entdeckt sie auf deren Stirn ein kleines, weich schimmerndes Mal.
„Seit wann hast du das denn Kind?", fragt sie erstaunt.
„Das sieht ja aus wie eine Perle."
Sie reibt daran, um es zu entfernen, aber es ist ganz fest in Mai-Lins Stirn eingebrannt.
Mai-Lin berührt das Mal mit ihren kleinen Fingern. Dann betrachtet sie es im Spiegel und strahlt über das ganze Gesicht.
„Das war gar kein Traum Mama, das war wirklich ganz echt! Ja, leider zu echt........"
Die Mutter ist so erstaunt, dass sie es nicht wagt, weitere Fragen an ihr geheimnisvolles kleines Mädchen zu richten.
Später in ihrem Zimmer, stellt sich Mai-Lin ans Fenster. Sehnsüchtig schaut sie hinüber zum Strand. Sie schließt die Augen und horcht konzentriert in die Stille.
Das Meer ist ganz ruhig, es leuchtet wieder, wie in Silber getaucht.

„Mai-Lin, Mai-Lin", hört sie dann plötzlich ganz deutlich Jays Stimme.
„Hi Jay, wie schön, deine liebe Stimme zu hören. Danke lieber Freund, für das wunderschöne Mal. Ich werde es mit Stolz tragen. Danke auch, für die schöne Zeit bei euch. Ich werde euch ganz bestimmt niemals enttäuschen! Niemals!
Eure Geschichte werde ich aufschreiben und in der Schule an alle Kinder weitergeben. In die ganze Welt muss sie hinausgehen. Auch den Erwachsenen werde ich davon erzählen, wie schlimm und gefährlich ihr leben müsst, in den zugemüllten Meeren und wie verzweifelt ihr alle seid. Vom „großen Plan", werde ich natürlich nichts verraten. Großes Ehrenwort! Das soll ja die ganz besondere Überraschung für die Menschen werden. Sowieso weiß ich ja auch überhaupt nicht, wann es passieren wird, das heißt, an welchem Tag genau?
Als wir Kinder bei euch waren, sagtest du, dass du die Zeit angehalten hast Jay. Oh du bist so klug lieber Freund. Du hast uns nur gezeigt, wie es passieren wird. Den genauen Tag allerdings, den hast du uns allen verschwiegen. Aber wir wissen, wie wichtig es ist, dass es passieren wird und auch unbedingt passieren muss!"
„Ja, kleine Mai-Lin, das wird schon sehr bald sein.
Eine Sternschnuppe wird wieder deinen Strand beleuchten.
Ich werde deinen Namen rufen.
Sehr bald schon, meine kleine Freundin. Um Mitternacht.
Und die Wale werden singen........

Melly Englebert
geb. in Luxemburg 1946

1970 kam ich nach Frankfurt am Main.
Viele Jahre flog ich als Flugbegleiterin für die Deutsche Lufthansa, auf internationalen Strecken.
Dann griff der Tod gleich zweimal nach mir, und brach mir die Flügel.
Diese Begegnung, und die schöne Zeit - zwischen Wolken und Wind -, haben mich sehr geprägt.
Ich durfte unseren wunderschönen Planeten bereisen, mit dem Herzen sehen und erfahren, wie wundervoll er ist.
Leider gehen zu viele Menschen blind, taub und rücksichtslos durch unsere einmalige Welt. Sie hinterlassen tiefe Spuren der Zerstörung.

Vielleicht wäre Jays „großer Plan" eine gute Lektion.......

Melly